KB193956

홀로 떨어진 꽃

홀로
떨어진

꽃

그리움이 아름답게 피어 있는 사랑의 시 80편

최수홍 시집

플레이북

누구나 가슴속에 묻고 있는 사랑, 연민, 그리움 등
의 아름다운 추억들이 있다.

함께할 때는 사랑을 당연한 듯 덤덤하게 받아들이
지만, 사랑하는 이를 보내고 나면 소중하고 절실함
을 느끼며 후회하고 그리워하는 것이 많은 이들의
같은 마음일 것이다.
왜 우리는 사랑을 할 때는 절실한 사랑을 깊이 느
끼지 못하고 후회와 애환을 만들어내는 것일까.

아픈만큼 성숙한다는 말이 있듯이 머리에 하얀 눈
이 쌓일수록 소중했던 것들에 대한 그리움과 후회
가 쌓여가는 것 같다.
사랑을 나누고 있는 사람들이나 사랑을 그리워하
며 연민의 끈을 놓지 못하는 사람들과 나의 가슴에
묻어두고 있는 사랑, 그리움, 후회의 선율을 나누고
싶다.

인연의 끈이 떨어져 나가고 그리움을 만들어내는 것은 스스로가 소중함을 가슴 깊이 느끼지 못했던 자신의 몫이라는 것을 우리는 느끼지 못한다.

사랑에 아픔을 겪은 사람들은 더 큰 사랑을 갖게 되고, 그 소중함을 놓치지 않는 삶의 지침서를 갖게 될 것이다.
후회하지 않는 가슴의 눈물을 만들지 않는 소중함을 다시 느껴보기를 바란다.

내 작은 마음의 시를 책으로 담아 내준 플레이북 출판사 식구들에게 감사의 마음을 전한다.

2013년 8월

장대비가 쏟아지는 한여름 밤에

延堂 최수홍

차례

3부

1부

사랑과 이별

사랑과 이별 사이에

그대와 함께했던 추억들이
하얀 강물 되어 흐르고

사랑과 이별 사이에

그대를 사랑했던 그리움이
푸른 산처럼 쌓여 있네

그대를 향하여

나의 몸은
날마다
살얼음이 휘몰아치는
텅 빈 사각방에
홀로 서 있고

내 마음은
돌아오지 않는 그대 곁에 있고 싶어

오늘도
넘지 못할
칼날 같은 서릿발을 들고
길게 누워 있는
저 높은 담장을 넘는다
그대를 향하여

철 지난 바닷가

철 지난 바닷가에
나는
홀로 걷는다

지난여름
그렇게도 많았던 사람들의
크고 작은 웃음소리와 발자국은
차가운 바람과 파도에 밀려
떠나고 하나도 없었다

남은 것은 쓸쓸하게 누워 있는
하얀 백사장과
외롭게 울고 있는
푸른 파도 소리뿐이다

내가
당신을 그리워하며

밤마다
달맞이꽃을 피워
앞뜰에 심어놓은 마음이
바다와 바다 끝
사이만큼 넓고

내가
당신을 기다리며
밤마다 하얀 달빛을
뒤뜰에 걸어놓은 마음이
하늘과 땅 사이를 넘어선 만큼
높고 깊다

하루

하루는
그대가 그리우면
울다가 울다가
잠이 들었죠

하루는
그대가 그리우면
웃다가 웃다가
잠이 들었죠

하루는
그대가 그리우면
죽도록 죽도록
잊어버리죠

사랑의 소리

바람이
소리 내어 노래를 하고

구름이
흔들흔들 춤을 추고

내 몸이 가는 대로
내 마음이 가는 대로
나는
떠나가련다

강물이
저 혼자
아무 말 없이
흐르듯이

허무한 마음

앞산엔
눈부신 푸르름
저 멀리 뒷산엔
산허리를 휘감은
하얀 안개구름 아름답고

들꽃 향기 실바람 타고
살며시 내게 다가와
내 마음 어디론가
사방으로 흩어지네

천년나무

오늘도
홀로 당신을 그리워하며
외로이 서 있는
나는 천년나무다

산에 머무는 바람 불러
나뭇가지를 흔들어 소리를 낸다
당신을 부르는 노래

강에 스치는 바람 불러
나뭇가지를 흔들어 춤을 춘다
당신을 오라는 몸짓

오늘도
홀로 당신을 기다리며
외로이 서 있는
나는 천년나무다

볼 수 없는 사랑

이제는
그대를
눈으로 볼 수 없는 사랑

이제는
그대를
손으로 만질 수 없는 사랑

이제는
나 홀로
마음으로만 안고 가야 하는 사랑

이제는
나 홀로
가슴으로만 느껴야 하는 사랑

간절한 소망

오늘도
나는 하늘에다
두 손 모아 빌고 또 빈다
당신을 잊어버리려고
당신을 지워버리려고

당신을 그리워하는 마음이
하나 둘 태산처럼 쌓여
미워하는 마음으로 변하고

당신을 기다리는 가슴이 지쳐
굽이굽이 돌고 돌아 흘러
목이 길게 휘어진 강물처럼
원망하는 가슴으로 변하고

그것도 모자라면
증오하는 마음에서

아무것도 없는

무관심으로까지 되기를

오늘도

나는 하늘에다

두 손 모아 빌고 또 빈다

기다림

그대가
가슴이 터지도록 보고 싶어
그리움이
파도처럼 밀려오면
항상 같이 걸었던 강변에 올라
사랑하는 그대 이름 불러보네

그대가
내 곁을 떠난 줄도 모르고
저 강물은
오늘도 아무 일도 없었던 것처럼
저 강물은
오늘도 늘 같은 모습으로
그저 한가로이 흐르고 있네
그대를 기다리는
내 마음을 아는지 모르는지

그대의 환영幻影

그대가 그리워
달빛 아래
개울가에 앉아 있노라면
은빛 고운 물에 떠 있는
어여쁜 당신의 얼굴
달빛 타고 흐르네

그대가 그리워
별빛 따라
뒷동산에 올라 있노라면
풀잎에 맺힌 이슬
당신의 검은 눈동자
별빛이 반짝이네

소망所望

나는
저만치 걸어오는
아침 햇빛을 부른다
어서 빨리 오라고

나는
저만치 걸어가는
저녁 달빛을 부른다
어서 빨리 가라고

해가 뜨고
꽃이 피고
달이 지고
낙엽 지고
그리움에 가슴 떨려
기다림에 지쳐버린 세월들

나는 나는

그렇게

봄 여름 가을 겨울 그리고

세월이

내 곁에서 빨리

멀어져 가길 바랐었다

애절한 사랑

당신이
나를 버려도
나는
당신을
버릴 수가 없습니다

당신이
나를 잊어도
나는
당신을
잊을 수가 없습니다

당신이
나를
떠나가도
나는
당신을

떠나보낼 수가 없습니다

당신은
죽도록 아니 죽어서도
변치 않는
나의 소중하고 영원한
사랑이기 때문입니다

알 수 없는 내 자신

나는
나를 모르겠네
내 안의
얼굴이 몇 개인지
내 밖의
모습이 몇 개인지
어느 날 웃는 모습
어느 날 우는 모습

나는
나를 모르겠네
내 안의
마음이 어떤 색깔인지
내 밖의
가슴이 어떤 향기인지
어느 곳엔 하얀 구름이 되고
어느 곳엔 검은 파도가 되고

나는
나를 모르겠네

목마름

하늘이
사람들에게

그 흔한 물을
귀하게 여기시라
땅이 메말라 터져 갈라지듯
가뭄을 내려주시듯

하늘이
나에게
당신을 귀하게 여기시라
당신을 하얀 구름 속에 감추어
가슴이 메말라 터져 찢어지는
고통을 안겨주시듯

그리움에 사무치는
목마름을 주시나보네

한줄기 빗물

그대를
사랑하는 마음이
끝없는 하늘에 올라
흰 구름 되어 떠돌다
한줄기 비가 되어 내리네

아무리 내려도 쌓이지 않고
비 내린 흔적 없는
그대의
아름다운 검은 눈동자와 같은
호수 속으로 한줄기 비가 되어
소리 없이 내리네
그대를 사랑하듯이

그대를 향한 그리움

그대를 그리워하다
봄이 오면 꽃이 피고
가을 오면 낙엽이 지네

그대를 기다리며
강 길을 걷다
비가 오면 비를 맞고
산길을 걷다
눈이 오면 눈을 맞네
그러다
그러다

검은 머리 위에
흰 백설이 내려앉고
내 가슴에 힘차게 뛰던
심장 소리가
그 어느 날

힘없이 가늘어져

숨결 소리가
끊어질 때까지
나는
하염없이
그대를 기다린다

외로운 섬

온 산이 사방으로
나를 오도 가도 못하게
첩첩이 둘러싸여
내 발목을 붙잡고

내 마음의
별도 달도 없는
이 깊고 깊은 산중에
아!
나는 홀로 떠 있는
외로운
한 개의 섬이로구나

의문 疑問

왜
동지섣달
눈보라 치는 겨울밤은
그리도 춥고 길고 길까

왜
삼복더위 쏟아지는 땡볕
여름낮은
그리도 덥고 길고 길까

왜
누가 이렇게 만들었을까
산일까
하늘일까
바다일까

당신과 나

나는
단 한 번도
꼭 잡은
너와 나의 운명의
손을 놓지 않았다
내일을 기다리며

나는
단 한 번도
꽁꽁 묶어놓은
너와 나의 숙명의
끈을 풀지 않았다
내일을 위하여

사무친 그리움

너를 향한 그리움은
천년을 서 있는 고목이
바람으로 꽃잎 되어
저 산 너머
하얀 하늘을 날고

너를 향한 기다림은
지쳐버린 세월이
돌고 돌아 구름으로 비가 되어
굽이굽이
푸른 강물을 흐르네

천년꽃

산은
산으로 손을 잡고
언제나 그 자리에
구름꽃 위에
높게 서 있고

강은
강으로 손을 잡고
언제나 그 자리에
안개꽃 속에 길게 누워 있고

나는
그대와 놓을 수 없는
숙명의
끈을 잡고
언제나 그 자리에
천년의 꽃을 피우리라

나의 사랑

언제나
나의 가슴을
두근두근 뛰게 했던
빨간 장미꽃 같은 사람이여!

언제나
나의 마음을
포근하게 감싸주었던
파란 하늘 같은 사람이여!

언제나
하염없이
밀려오는 그립고 그리운
하얀 파도 같은 사람이여!

당신의 존재

그대와
떨어져 있던 날들은

내 앞에 서 있는
산은 산도 아니고

내 옆에
흐르는 강물은
강물도 아니네

그대와
떨어져 있던
시간들은

내가
산 것도 아니고
죽은 것도 아니다

그저

숨만 쉬고 있는 것이다

당신의 빈자리

오늘도
텅 비어 있는 식탁 앞에
너는 없고
너를 기다리는 의자 위에
나 홀로 앉아
저 혼자 나란히 누워 있는
젓가락을 들고
돌아오지 않는
너를 기다리며
외로운 얼음이 되어버린 찬밥을 먹는다

초라한 눈물과 함께
목이 메어 먹다 마는
차디찬 빈 밥그릇
흘러가는 시간 속에 씻어
회색빛 유리 찬장 속에
하나둘씩 쌓여간다

높은 탑이 되어

너를 향한

기다림이 쌓여 있듯이

별

높고 푸른 밤하늘
저마다 사연들을
하나둘씩 안고
반짝이며
하늘벽에 걸려 있는
수많은
별들 중에

백합처럼 순결하고
아침 이슬처럼 영롱하고
수정처럼 깨끗한
사슴 눈망울을 간직하고 있는
외로운 별 하나

어느 날
하늘에서
꽃바람 타고 내려와

깊고 깊은 내 가슴속에
살며시 들어와

아름답게 반짝이며
내 가슴속에 걸려 있네

2부

삶의 지혜

사람들이
이 세상을 살아가면서
인생이란 삶의 산을
수없이 많이 만나게 됩니다

어떤 날은
높고 큰 산을
때로는
낮고 작은 산을

하지만
그 어떤 산이라
할지라도
산길을 오르다가

외롭고 지치고 힘들고
어려운 산길을 만나면

잠시 가던 길을 멈추고
오던 길을 뒤돌아보고
지혜롭게 쉬었다 가세요

그래야만
자신이 원하고 선택한
산을 아무 탈 없이 끝까지
정상에 오를 수가 있습니다

의리의 사랑

저 높은
하늘에 떠 있는
해도 하나요
달도 하나이듯이

그대와 나의 사랑도
둘이 아닌 하나입니다

그래서 하얀 백합꽃처럼
둘이서
아름답게 꼭 간직할
사랑은
의리입니다

멀어져 간 시간들

양말을 벗고
뜨거운
여름 냇가에서
자갈 위를 걸어가듯
자꾸만 빨라져 가는
내 일곱 살의 냇가

시작도 끝도 없이
너도 나도 없이
오늘도
비틀거리듯
조금씩 조금씩
멀어져

어느새 백설이 내려앉은
지천명이 되어버린
철 지난

겨울의 강가

하얀 고무신

긴 대청마루 아래
다소곳이 앉아 있는
하얀 고무신을 보고 있노라면
가슴에 눈물이 고인다
그리운 내 어머니 생각에

뜨겁게 타오르는 태양이
내 옆에 서 있는 한여름
삼복더위에도 하얀 버선을
단 한 번도 벗지 않으셨던 어머니

언제나 옥색 치마저고리
하얀 머리는 단아하게 빗어 올려
은비녀 쪽을 지고 계셨던 어머니

긴 대청마루 아래
다소곳이 앉아 있는

하얀 고무신을 보고 있노라면
가슴에 뜨거운 눈물이 고인다
그리운 내 어머니 생각에

두려움 없는 사랑

만남과 이별이
무섭고 두렵다고

사랑하는 것을
포기하는 것은

길을 걸으며
하늘이 무너져 내릴까

걱정을 하며
길을 걸어가는 것과
똑같은 것이다

물안개

아름다운
꽃을 꺾으면

언젠가는 시들어서
아름다운 꽃향기를
맡을 수가 없으며

은빛 찬란하게
반짝이며 빛나는
영롱한 아침 이슬도
만지면 한순간에
물안개처럼 사라진다

우리들의 삶

어느 때는
당신은
꽃 피는 따뜻한
봄이었고,

나는
뜨겁게 불타는
여름이었다

어느 때는
당신은
황금빛 물결
춤추는
가을이었고,

나는
눈보라가 휘몰아치는

한겨울 속에 있었다

한때는
나도 꽃 피는 봄이었고

그대는
뜨겁게 불타는
여름이었다

한때는
나도 황금빛 물결 춤추는
가을이었고

그대는
눈보라가 휘몰아치는
한겨울 속에 있었다

당신의 존재

당신은
어떤 사람이고
싶습니까

머릿속 생각이
얼음처럼 차갑고
가슴속 마음마저
얼음처럼 차가운 사람

또는 머릿속 생각이
얼음처럼 차갑지만
가슴속 마음은 봄볕처럼
따뜻한 사람

아니면
머릿속 생각도
봄볕처럼 따뜻하고

가슴속 마음까지
봄볕처럼 따뜻한 사람

당신은
어떤 사람이고 싶습니까

진실한 사랑

당신이
나의 천년바위
가슴속 깊은 곳에

진실한
사랑의 뿌리를 내리면

나는
당신을 위해
날마다
조금씩 조금씩
부서져 없어지는
작은 돌이 되겠습니다

그리움의 형상

당신을
그리워하다가
내 눈을 감기게 만드는
그대가
야속합니다

당신을
기다리다가
내 가슴을 뜨겁게 만드는
열기가 식지를 않네요

내 손으로
눈과 가슴을 가리고
그대를
한번 그려봅니다
텅 빈 하얀 하늘에다

처음처럼

햇살이
찬란하고 아름답게
꽃피는
봄이 오나 보다

온 대지가
찬바람이 불고
눈보라 치는
겨울이 와도

당신을
처음 만나
영원한
사랑을 느낀 떨리는 초심처럼

언제나
처음처럼

당신을

하루하루

죽도록 사랑하고 싶습니다

안중근 장군

님은
우리들의 민족혼을 일깨워주는
저 높은 하늘에 영원히 빛나는
큰 별이셨습니다

님은
자주독립의 정신으로
용감하고 투철한 군인이었고
조국의 이름으로 피 끓는 젊음을
민족 앞에 받친 애국 청년이셨으며

님은
사회정의를 구현하는 마음으로
높은 이상을 가진 사상가였으며
인류 평화와 예술을 가슴으로
뜨겁게 사랑하는
평화주의자이셨습니다

우리는 당신을
사랑하고 그리워하며
가슴에 지울 수 없는
백의민족의
영원한 님이라 부르고 싶습니다

멀어져 간 당신

나의 손이
너의 손을 잡고
살얼음 강을 건너간다

작은 빛을 따라
우거진 숲을 뚫고서야
너는
눈을 감는구나

감은 나의 두 눈에
너에 대한 내 마음이
알 수 없는 그림으로 번져간다

나의 손이 이제야
너의 손을 놓아주려나보다
그림같이

세월

해는
달을 먹고 살며

달은
날을 먹고 살며

날은
시를 먹고 살며

시는
분을 먹고 살며

분은
초를 먹고 살며

초는
세월을 먹고 산다

바다

나는
당신을 위해
하얀 바다가 되리다

그대를 그리워하다
눈이 멀어
시냇물이 되어버린 사랑도

그대를 기다리다
심장이 까맣게 타버려
강물이 되어버린 사랑도

시냇물도 강물도
세월이 흘러 흘러
바다로 가듯이

나는 당신을 위해

하얀 바다가 되리다

봄바람

하얀 꽃눈이 휘날린다
봄바람에

분홍 꽃눈이 휘날린다
봄바람에

화사한
어느 봄날에
긴 세월
창문을 꼬옥 닫고
감추어 두었던
얼어버린 내 마음

그대를 만나
아름답게 춤을 추는
꽃눈 속에서
그대와 함께

여기저기 춤을 추며 휘날리네
봄바람에

당신을 향한 나의 사랑

너는 나를 만나
맑은 햇빛 보며
손을 잡고 거닐었고
노을 지는 달빛 보고
헤어졌지

나는 너를 만나
아침 햇살에
너를 보고
저녁 달님에 잠을 잤다

너는 나를 만나
내가 없으면 아무것도 하지 못하는
여자가 되어
하루 종일
너는 내 생각만 하는 여자가 되고

나는 너를 만나
너를 위해서라면
바람을 부르고 구름을 부르고
하늘의 별을 따다 주는
남자가 되고 싶다

외로움

하얀 파도에 밀려
갈 데까지 가거라

파도가 멈출 때까지
가슴이 불타버린
그리움이여

검은 바람이 불어와
흔들릴 때까지 흔들려라

바람이 멈출 때까지
가슴이 메말라 타버린
외로움이여

사랑의 화폭

내 삶의
전부를 걸고
그대를 사랑하는 마음에
물감을 만들어 그림을 그리면
어떤 그림이 그려질까

제 갈 곳을 잃어버리고
파란 하늘 위에
그대만 생각하고
떠도는 쓸쓸한 흰 구름일까

비바람 폭풍이 휩쓸고 간
하얀 언덕 위에 그대를 바라보며
홀로 서 있는 외로운 고목나무일까

아!
오늘도 그대를 그리워하며

모진 세월 시련 속에
낡고 낡은
찢어진 하얀 붓을 들고
얼마나 더 많은
그림들을 그려야 할까

그대를 향한
내 삶에
언제쯤이나
그리움의 그림을 완성할까

그림자

그대를
잊으려고
바람 따라 강 길을
돌고 돌아 온 길

그대를
지우려고
구름 따라 산길을
돌고 돌아 온 길

구름 가고
바람 가고
세월도 가고

내가 돌고 돌아 온 길
먼 길 앞에
저 먼발치

가물가물 보이는 것은

긴 세월 지나
하얗게
잊으려 했던
그대의
그림자 하나 서 있네

애절한 그리움

이제나 오시려나
저제나 오시려나
그대를 향한
기다림에 지쳐
외롭게 말라비틀어진
초승달 되어
하얀 밤을 지새우고

오늘도
행여나 오시려나
그대를 향한
기다림이
눈물 어린 세월에 다리를 건너

그대를
기다리는
저 멀리 보일 듯 말 듯

희미하고 초라한
낮달이 되었네

사무치는 그리움

이른 아침
영롱한 이슬에 눈을 떠도
그대 생각에
눈을 뜬 게 아니고

기나긴 여름낮에
온몸을 움직여
길을 걸으며 숨을 쉬어도
그대 생각에
숨을 쉬는 게 아니고

아름다운 저녁 달빛에
깊은 잠을 자도
그대 생각에
잠을 자는 게 아니고

하루 온종일

그대 생각에
내가
살아 있는 건지 죽어 있는 건지

그렇게 그렇게
오늘도 가고 또 내일도
내 앞에
다시 찾아오겠지

부탁

당신을 그리워하며
한없이 강 길을 따라가다
푸른 강물이 되어버린
그리움이 묻습니다
나는 당신에게 무엇입니까

당신을 기다리며
하얀 안개 속에 슬픔으로 눈망울이 젖은
한 마리 사슴 되어 홀로 서 있는
기다림이 묻습니다
나는 당신에게 무엇입니까

저 멀리 강 건너
산 넘어 계시는
당신에게 부탁이 있습니다

당신을 사랑하고

당신을 그리워하며
당신을 깊고 깊게 파인
내 가슴속에 품고
기다리는 내가 있다는 것을
기억하시기를 간절히 부탁합니다

그리움의 눈꽃

하얀 눈이
첩첩 쌓인 산처럼
그대 향한 그리움이
내 앞을 가로막아
내 눈과 내 귀가
이제 서서히 멀어져 갑니다

첩첩이 쌓인 눈이 녹아내려
굽이굽이 흘러가는 봄 강물처럼
그대 향한
그리움이 내 핏속을 파고들어

이제 내 가슴속에 뛰는
그대 향한 그리움에
숨결이 겨울바람 낙엽처럼
하얗게 메말라 갑니다

단 한 사람

하얀 바닷가 모래알처럼
많은 사람들 중에 만난
단 한 사람

푸른 밤하늘 수많은 별처럼
많은 사람들 중에 만난
단 한 사람

죽어도 못 잊을 만남
죽어도 못 잊을 사랑
죽어도 못 잊을 이별

죽어서도 죽어서도
영원히 못 잊을
소중한 그대는
나의 단 한 하나의 사랑

지워지지 않는 당신

그대와 나는
하루에 몇 번이나
서로를 생각할까

그대는 나를
한 번 두 번
아니 열 번이나 생각할까
아니면 한 번도
생각 안 할까

나는 그대를
아침 햇살에 눈을 떠서
저녁 달빛에 잠들 때까지

하루 종일
나는 그대를
생각한다

그리움

그리움에 지쳐
눈물이 흐르고 흐르면
무엇이 될까

기다림에 지쳐
한숨이 쌓이고 쌓이면
무엇이 될까

얼마나 더 그리워해야
그대 향한
그리움이 사라질까

얼마나 더 기다려야
그대 향한
기다림이 지워질까

아무런 소리도 없이

스쳐 지나가는
세월은 알까

저 멀리 높게 떠서
그저 바라만 보는
무심한 하늘은 알까

3부

인생

지나간
인생의 과거는
어느 누구든
바꿀 수도 없고,
변하지도 않지만

다가오는
인생의 미래는
그 누구든지
바꿀 수도 있고,
변할 수도 있다

사고思顧

사람들은
모두 다
바다와 산이다

자기 자신의
생각과 마음에 따라

산의 넓이와 높이가 다르고,
바다의 깊이와 넓이가
다를 뿐이다

모든 것이 다
자기 자신에게
있는 것이다

하용부

당신이
내딛는 한 걸음 한 걸음이
저 끝자락 막장에서
뜨겁게 솟아오르는
희로애락을 긴 호흡으로 끌어내
아름다운 선율 위에서
표출시키는 끊어질 듯한
숨소리의 동작이요,

당신의
손짓과 몸짓
손끝에서 발끝까지의 떨림은
잔가지를 다 자르고 난
뿌리 깊은 나무처럼
숨을 끊어버리고
홀로 서 있는 정적인 춤사위는
수천 년을 참아온

우리들의 삶의 메아리요
영혼의 울림이다

당신은
기나긴 세월
수천 밤을 날아와
만년송에 소리 없이 고요하게
내려앉아 춤을 추는
한 마리 고고한 백학이다

삶의 의미

하늘에서
퍼붓는 장대비는
모습과 소리는 있어도

하늘에서
쏟아지는 함박눈은
모습은 보여도
소리는 없다

왜……
비 내리는 소리는 있어도
왜……
눈 내리는 소리는 없을까

장대비는 장대비대로
소리 내는 이유가 있고,

함박눈은 함박눈대로
소리 없는
뜻깊은 이유가 있을 것이다

모든 사람들이 자신들만의
세상을 살아가는
이유가 있듯이……

아름다운 이별

사람들은
이 세상을 살아가면서
누구나 크고 작은
이별을 하고 살아갑니다

그중에서
슬픈 이별도 있고
행복한 이별도 있고
좋은 이별
나쁜 이별도 있을 겁니다

헤어졌다
다시 만나는 이별
한 번 헤어지면
다시는 영원히
못 보는 이별

우리는
한평생을 살면서
이렇게 수많은
이별을 하고 살아갑니다

이 세상 사람들은
만나고 언젠가는
모두 다 헤어지는 것입니다

그래서
이별은 아름답게
보내야 하는 겁니다

그래야
또 다른 아름다운 만남이
우리들 앞에 소리 없이
조용히 찾아오겠죠

사랑의 깊이

사랑이
깊으면
그리움이 깊고

그리움이
깊으면
기다림이 깊고

기다림이
깊으면
외로움이 깊다

마음의 가치

사람들이
세상을 살아가면서
그 어느 누구한테
돈을 쓸 때는

호주머니에서
돈지갑을 꺼내는 것은
생각의 손이지만

그 돈지갑의
문을 여는 것은
마음이다

당신의 눈물

당신이
나 때문에
흘린 눈물은
흔한 보석이 아니라

이 세상에서
내 삶과
내 인생의
전부와도 바꿀 수 없는

가장 존귀하고 소중한
그 어느 보석보다도
찬란하고 영롱하게
빛나는 보석이랍니다

깊이 있는 사랑

당신과 나
이 생명 끝나고
죽는 날까지

푸른 바다
밀려오는
하얀 파도처럼

언제나 똑같이
변치 않고
살아 숨 쉬는
하얀 파도 같은
사랑을 하고 싶다

사랑의 눈물

안개꽃
피어오르는
하얀 새벽 아침

풀잎마다
맺혀 떨어지는
영롱한
이슬방울은

긴긴밤을
홀로 외로이 지새운
그대 향한
그리움과 기다림
애타는 사랑의 눈물이다

깊은 사랑

나는
당신과
이런 사랑을
하고 싶습니다

나는
당신의
겉모습과
속마음 전부를
사랑하고 싶습니다

우리 둘이
아무 말 없이
세월의 강물이 흘러도

처음 그 순간처럼
언제나 하얀 첫눈을

그리워하는 사랑

항상 솜사탕처럼
달콤하고 따뜻한 사랑
봄꽃처럼 생명이 피어나는
아름다운 사랑

나는
당신과
이런 사랑을
하고 싶습니다

애절한 사랑

나는
당신이
생각하는
모든 것들을
사랑합니다

나는
당신의
마음속의
모든 것들을
사랑합니다

나는
당신의
검은 머리에서
하얀 머리까지
모든 시간들을

영원히 사랑합니다

동행

나는
그대와
나의 사랑은

수정처럼
맑은 마음과

태양처럼
뜨거운 가슴과

흰 백합꽃처럼
순결한 몸과 영혼이

언제 어디서나
늘 함께 있는

그런 사랑을

하고 싶습니다

지지 않는 사랑의 꽃

나는
너를 위해
꽃을 피우고 싶다
나의 영원한 사랑의 꽃을

당신의 하얀 마음이
메마르고 목마를 때
나는 파란 하늘에
단비를 뿌려주고

당신이 어두운 밤
길을 잃어 지치고 헤매일 때
맑고 밝은 빛을 비추어주고

당신의
영혼이 비바람 불어
흔들리고 힘들어 쓸쓸하고

외로울 때

나는
당신의 손을 잡고
그 어떤 폭풍이 불어와도
흔들리지 않는
뿌리 깊은 영원한
사랑의 꽃을
피우고 싶다

그리운 사람

하루……
하루 온종일
저 깊은 푸른 바닷속
가슴 깊은 마음으로
생각이 나는 사람

언제나 항상 뜨겁게
그리워서 그리움이
빨간 장미꽃 되어 불타버리고
목마른 그리움에
가슴이 미어지도록
보고 싶은 사람

그 날……
그 날이 어서 오라고
애가 타도록 손꼽아 기다리며
큰 눈망울을 새벽이슬에 적시며

목이 길어진 사슴처럼

하염없이

하염없이

기다려지는 사람

애절한 그리움

깊어가는
높은 가을 하늘 아래

끝없이 멀어져 간
하얀 구름은
당신을 꿈속에서도
그리워하는 하늘 바다요

곱게 물든 붉은 단풍은
애타게 기다리며
당신을 오라 손짓하는
메마른 바람결에
너울너울
춤을 추는 파란 파도요

홀로 서 있는
검푸른 산봉우리는

당신을 기다리다 지쳐서
하얀 구름 위를 떠도는
하나의 외로운
작은 섬이로구나

인생의 쳇바퀴

세상에서
지지 않는 꽃이 어디 있으며

끝나지 않는
잔치가 어디 있겠는가

그러나 꽃은
다시 피어나고
잔치는
또 열릴 것이다

꽃피는 봄이 지나가면
세월의 강물이 흘러서
또, 다시
봄이 오듯이……

한결같은 사랑

나는 너에게
너는 나에게

언제나
아름다운 마음으로
사랑하는 가슴으로

서로가
애틋하고 따뜻한
두 손을 꼭 잡고

이 세상에서
없어서는 안 되는
가장 소중하고 존귀한

저 높은 하늘에 떠 있는
영원히 변치 않는

너와 나의
해와 달이 되자

하룻밤의 꿈

내 사랑이
하룻밤의 꿈이라면

꽃이 피면 꽃을 보고
비가 오면 비를 맞고

낙엽 지면
낙엽 따라 걸어가고

눈이 오면 눈을 맞고
바람 불면 바람에 흔들리고

내가 걸어가는
인생의 길이 암흑 같은

어둠 속 가시밭길이라도
그대와 함께라면

이 모든 것이
하룻밤 꿈이라 해도

나는 당신과
내 인생과 삶의 전부를
그 하룻밤의 꿈을 꾸고 싶다

허무

그대가 없음에
춥다
외롭다

쓸쓸하다
고독하다

바람이 분다
가슴은 시리다

그대가 없음이다
내 곁에……

홀로 떨어진 꽃

당신을 향한
그리움이
깊어져 쌓이면
무엇이 될까

당신을 향한
기다림이
흘러서 애가 타면
무슨 향기가 될까

당신을 향한
사랑을 간절히
지독하게 하면
어떻게 될까

흘러가는 구름이 되려나
휘몰아치는 비바람이 되려나

아니면, 아니면
홀로 울다 지쳐서
홀로 떨어진
꽃이 되려나……

마음의 여유

이 세상에서
가진 것이 아무것도 없는 사람도
누구에게나
나누어 줄 수 있는
마음은 다 가지고 있다

그 마음을
어떻게 쓰느냐에 따라서
내 자신과 인생의
행복한 삶과 불행한 삶이
나누어지는 것이다

혜안

꿈과 희망은 크고 넓게
이상과 목표는 높게 가져라

그러나
현실은 세상을 살면서
나보다도
못한 처지에 놓인 사람들을 보고

최대한
겸손하고
낮은 마음으로
우리들의 인생을
현명하고 여유 있게
풍요롭고 지혜롭게
사는 것이다

하나님

사람들은
일평생 세상을 살아가면서
크고 작은
모든 물질 앞에 자유롭지 못하다
그 어느 누구도

모든 물질 앞에
자유스럽고 자유롭지 못한 것은
그저 사람마다
깨달음에 차이가 있듯이
물질 앞에 자유로움이
사람마다 차이가 있을 뿐이다

이 세상
모든 물질 앞에
자유스러운 분은
이 우주를 창조하신

오직 단 한 분
하느님뿐이시다

무소유

당신은
눈에 보이는 것
하나도
남기지 않으시고 가셨지만

당신은
눈에 보이지 않는
깨끗하고 아름답고
맑은 무소유의 영혼을
우리들에게 일깨워주시고

인생과 삶의
진정한 의미를
가슴 깊이 남겨놓으시고
떠나가셨습니다

당신은

진흙 속에 연꽃으로 피어나서
영롱한 아침 이슬에 흠뻑 젖은
당신의 육신의 옷을 훌훌 털어버리시고
하얀 연기 속을 피어올라
바람과 함께 떠나가셨습니다

당신은
남아 있는 우리들 가슴속에
그리움과 큰 아쉬움을
영혼의 울림으로 남겨놓으시고
우리들의 곁을 고요하고 아름답게
영원히 떠나가셨습니다

허공

사람이 산다는 게
눈을 뜨고 숨만 쉰다고
살아 있는 게 아닌가보다

아침에 눈을 떠도
눈을 뜬 게 아니고
길을 걸어가도
걷는 게 아니고

하루하루
온종일 당신 생각에
가슴이 너무 메어와
숨을 쉴 수가 없네

옆에 있어도 그리운 사람
보고 있어도 보고 싶은 사람
아!

사랑하는 사람이
내 곁에 없다는 것 때문에

번민

하루에도
내 안의 나는

어느 순간
내 머릿속엔

검은 비바람과
눈보라가 거친 파도와
함께 시시각각 휘몰아치고

또 어느 순간
내 가슴속엔 일 년 열두 달
봄 여름 가을 겨울
사계절이 왔다 갔다 하는구나

그리움이 아름답게 피어 있는 사랑의 시 80편

홀로 떨어진 꽃

초판 1쇄 인쇄 2013년 9월 9일
초판 1쇄 발행 2013년 9월 16일

지은이 최수홍
펴낸이 이범상
펴낸곳 (주)비전비엔피 · 플레이북

기획 편집 이경원 박월 윤자영 신주식
디자인 최희민 김혜림
마케팅 한상철 이재필 김성화 김희정
관리 박석형 이다정

주소 121-894 서울시 마포구 잔다리로7길 12 (서교동)
전화 02)338-2411 | **팩스** 02)338-2413
이메일 visioncorea@naver.com
블로그 blog.naver.com/visioncorea
트위터 twitter.com/visioncorea

등록번호 제2012-000224호

ISBN 978-89-98000-25-7 03810

· 값은 뒤표지에 있습니다.
· 잘못된 책은 구입하신 서점에서 바꿔드립니다.

「이 도서의 국립중앙도서관 출판시도서목록(CIP)은 서지정보유통지원시스템 홈페이지(http://seoji.nl.go.kr)와
국가자료공동목록시스템(http://www.nl.go.kr/kolisnet)에서 이용하실 수 있습니다.(CIP제어번호:CIP2013016697)」